기다림은 꿈입니다

김연식 제2시집

시음사
시사랑음악사랑

QR코드 스마트폰으로 QR 코드를 스캔하면
시낭송을 감상할 수 있습니다

 제목 : 추억은 낙엽처럼
시낭송 : 박영애

 제목 : 거미줄
시낭송 : 최명자

 제목 : 자연을 닮고 싶다
시낭송 : 김정애

 제목 : 아내의 작업복
시낭송 : 박영애

 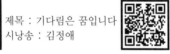 제목 : 기다림은 꿈입니다
시낭송 : 김정애   제목 : 그대가 내 애인이면 좋겠다
시낭송 : 최명자

 제목 : 우리 이렇게 살자
시낭송 : 박영애

 제목 : 나의 계절 나의 꽃
시낭송 : 박영애

영상은 YouTube 정책 또는 운영 관리에 따라 삭제될 수도 있습니다.

시인은 자연을 이야기하고 시낭송가는 자연을 품었다
글자는 날개를 달아 언어로 날고 소리는 자연에 눕는다

시집을 내면서

나는 아직 그대에게 잘 보이려
무수히 많은 밤을 지새워
백지 위에 검은 눈물을 흘립니다

나의 뇌 한 편은 암흑 공간 가둬진 채
허우적거립니다
눈과 귀는 모든 것을 거부하고
허상만 찾아 헤맵니다

고독한 현실 내가 흘린 눈물이
아직은 그대에게 위안이 될 수 있다면 좋으련만
창밖 흔들리며 우는 나뭇잎처럼
나는 아프게 떨고 있습니다

누군가 흘리거나 또는 버린 문장 하나에
나는 바보같이 집착합니다
괭이갈매기 삶을 낚아채듯 나는 기다립니다
그러나 없습니다

가슴을 때리는 종소리를 기다리나
울리지 않습니다
너무도 조용하고 기적이 없어
한숨만 조용히 콧바람 일으킵니다.

* 목차 *

* 목차 *

* 목차 *

* 목차 *

새벽 1

이른 아침 동이 트려
숨 막히게 움직이는
빛과 어둠의 한판 승부

아득히 벌떼처럼 밀려오는 빛은
추억으로 얼룩진 삶의 흔적

비빔밥처럼 뒤섞인 삶의 추억은
밀려드는 빛처럼
육신과 정신을 뒤흔든다

술에 취해 몽롱한 사내의 눈처럼
어슴푸레 흔들리는 눈빛
길을 잃지 않으려고 눈에 힘을 주고 있다.

남자도 가끔은 외롭다

오늘 밤은 잠이 오지 않아
왜 그런지
잠을 이룰 수가 없어

멍하게 눈 뜨고 있으려니
해수(海水)를 머금은 듯
뻐근해 눈을 감을 수 없어

졸려서 그런 건지
슬퍼서 그런 건지
사람이 그리워 그런 건지
마음만 울렁거린다

파도처럼 끝없이
알 수 없는 잔물결이
내 마음을 흔든다.

울렁거림을 잠재울 수 있다면

답답한 마음 잠재울 수 있다면
초겨울 칼 울음 우는 거친 바람
내게 불어와도 좋겠다

누군가 그리워 생각조차 할 수 없을 때
그 늪에서 헤어날 수 있다면
살 에이는 바람쯤이야 알몸으로 맞아도 좋겠다

골목 어귀 날 닮은 앙상한 당나무
바람에 가지 흔들림이
왜 저리도 슬퍼 보이는가

술이 고프다
이런 날 누가 내게 다가와 주면
나도 살아있다는 생각이 들 텐데

그리워하는 사람은 얄밉게도
멀리 있는 섬처럼 미동조차 없는데
그것마저 운명이라면 운명을 거스르고 싶다.

진달래 1

봄바람은
나뭇가지 마디 마다
연두색 물들이고

달래 그대는
연분홍 꽃잎 흔들어

오가는 사람
발길 멈추라
뻐꾸기 날린다.

12월 숙소에서

동짓달 밤은 길고
잠은 오지 않고
유리창 두드리는 빗소리는
내 마음 흔들어 임을 그립게 한다

떨어지는 빗소리 내 마음 적시고
밤바람 애달프게 창을 흔들어
그리운 임 목소리는
바람 소리처럼 환청처럼 들려온다

그리운 사람
그리워했던 그 사람
어디서 어떻게 살아갈까?
가끔은 날 생각해 주려나

가족과 오손도손 행복은 하려는지
청춘은 가고 가을 오니
지나간 세월만 스산하게 가슴을 때린다

造花(조화)

빛도
바람도
생명마저 없어라

절망도 없고
고통도 모르고
희망도 없어라

뿌리도 없는 나를
시들지도 죽지도 못하게 살게 하지만
마음은 빛도 알고
비도 알고 나비도 알아라

꽃이라 불리지만
나비도 벌도 찾지 않는
의미 없는 외로운 꽃이어라.

성에

아침이면
그대 흔적을
지우려 애만 썼는데

그런데
가까이 가면
싸늘한 그 느낌이
싫어서

오늘따라
유리창에 반짝이는
그대 모습은 참 매력 있더라

해가 뜨면
곧
사라지겠지만....

이별

떠나는 그대 뒷모습 보며
울지 않으려 애썼다
어차피 떠날 당신이니까

내 마음 감추고 싶었어
누군가 알면
가슴이 더 아파질 것만 같아서

나는 그렇게 생각할 거야
남자는 속으로
우는 거라고.

사랑은 미친 짓이야

냄비 같은 사랑 말고
옹기 같은 사랑 하자더니
변치 말자던 그 말은
새빨간 거짓말이었어

이렇게 흠뻑 적셔 놓고
떠난 너를 잊으려
나는 몸살을 앓아

사랑했던 만큼
아픈 거라면 참아야지
잊으려 해도 소용없으니까.

추억은 낙엽처럼

가을은 바스락 소리에 움츠리고
낙엽은 힘없이 부는 바람에도 뒹굴었다
뜨겁던 감정은 식고
인생의 마지막 추억마저 가을바람에 날리고 있다

눈물만은 흘리지 않으려고
시리게 푸른 하늘만 쳐다보고
고슴도치처럼 몸을 도사렸다
그대와 나에게도 가을은 왔다

언젠가는 그마저 잊힐 가을
힘없이 뒹구는 낙엽처럼
우리 추억 한 페이지도 사라지겠지

조금 남은 미련마저 한 귀퉁이에 모아 태우며
커피 향 같은 낙엽 냄새와
주위를 뒹구는 낙엽을 바라보며 벤치에 앉아
오늘은 고즈넉이
그대와의 추억을 되새김질한다.

제목 : 추억은 낙엽처럼
시낭송 : 박영애
스마트폰으로 QR 코드를 스캔하면
시낭송을 감상할 수 있습니다

17

야간 산행

젊은 날 홀로 거닐던 그때가 생각나
땅거미 내려앉는 산길을 거닙니다
반기는 것은 길옆 풀숲 풀벌레들과
시들어 가는 꽃잎 높게 솟은 나무들
하늘은 별도 없이 어둡고 두렵습니다
발바닥 전해지는 젊은 날의 감각은
예전과 같으나 마음은 아닙니다
먼저 떠나간 사람들 얼굴이
하나하나 떠올라 서글퍼집니다
나를 사랑해 주던 사람들
반갑게 반겨주던 주막집 여인
농사지으며 함께 술잔을 나누던 선배와 친구
모두 세상 떠나간 지 오래입니다
늦저녁 숲속은 오감보다는
피부와 머리카락만 쭈뼛쭈뼛 유난히 삐쭉거립니다
갈 때가 가까워진 사람도
두려움 앞에선 오금이 저린가 봅니다
어릴 적 들었던 처녀 귀신
오십 넘어 혼이 났던 鬼接 여인이 생각나
발걸음을 재촉합니다
사람 냄새나는 곳으로
숲속에 잠이 들어 그 여인의 백골을 안고
잠이 깰까 두려워서 말입니다.

삶 1

삶이란
홀로 떠나는 긴 여행

때로는 춥고
때로는 덥고
때로는 숨이 차고
때로는 슬프고

바다의
일렁이는 파도 같은
삶 속에서
표류하는 나를 찾는 일

생존을 위하여
끝없는 도전
마음이 주는 숙제를
하나하나 풀어가는 과정.

풍매화

바람에 날리는 씨앗처럼
훌훌 벗어나자
혼자가 될지라도

생존

거센 물살
거슬러 오를 용기가 없으면
강 밑 메자처럼 바닥을 기어 유영하자

양심

하늘을 가리고 싶거든
눈 감으면 그만이다
하지만 심장이 요동칠 것이다

당신 미소

꽃이 흔들리듯
갈대가 흔들리듯
나를 흔드네!
당신 미소는 바람인가 봐

선택

당신과 나 사이의 벽
보이지도 만질 수도 없어 허물 수도 없다
만들지 않는 수밖에

담쟁이

당신을 만나러 가는 것이
험난해도 괜찮습니다
오르고 또 올라도 힘들지 않습니다

그대 있는 곳이면 어디라도 괜찮습니다
물 한 모금 흙 한 줌 없는
가파른 곳이어도 무섭지 않습니다

당신을 향해 간다는 희망이 있으니
지치지 않습니다
기다림도 충분하게
행복이란 걸 느낄 수 있습니다

가을이 오면
까마득히 지나온 세월이 무서워
현기증 돌아 온몸 붉어지겠지요
그리고 꿈 하나하나 원하지 않은 곳에
떨어질지도 모릅니다

괜찮습니다
그대 생각하며 붉어지는 모습이
어쩌면 행복일지 모릅니다
떨어지는 꿈의 파편을 보아도
슬퍼도 슬퍼하지 않을 겁니다.

거미줄

창에 걸린 반짝이는 이슬을 봅니다
오색 찬란한 빛이
진주보다 아름답습니다

해 중천에 오르면 사라질 아쉬움에
유난히 아름답게 느껴집니다

살아오며 맺은 인연들
하나하나 실에 꿰면
찬란한 이슬보다 더 빛날 겁니다

그물에 걸린 보석처럼
이슬 반짝이는 아침
사라졌다가 또 만날 하나의 인연입니다.

제목 : 거미줄
시낭송 : 최명자
스마트폰으로 QR 코드를 스캔하면
시낭송을 감상할 수 있습니다

23

가을 거리에서

붉게 물들어
아슬아슬 흔들리는
당신을 바라봅니다

내게로 언제 오실까
바람 따라 떨어질
당신을 기다립니다

그대 오시면 추억 하나하나
꼭꼭 묶어서
책갈피 한쪽에 넣어 두렵니다

훗날 그대 그리워질 때면
55페이지 고이 계실
그대를 찾아 열어 보겠습니다.

마지막 잎새

언덕배기 찬바람
떨고 있는 나뭇잎
무엇이 아쉬워 포기할 줄 모르는지

시간은
멈춤 없이 돌아가고
세월은 우릴 버린 지 오래건만

시한부 삶처럼
빛바랜 추억만
짧은 숨을 몰아쉰다

처량하다
추억 간혀 뒹굴다 땅속 묻혀도
봄날 되어 싹도 못 틔울 삶.

첫눈

첫눈 오면 온다던 그대는
약속을 잊었는지
소식이 없습니다

난 그때 그 자리 이렇게 서 있는데

기다리던 사람은 소식도 없는데
소리 없이 눈만 쏟아집니다

첫눈 내리면 아직도 그대만 기다리는데
멍하니 눈길에 찍힌 수많은 발자국만 바라봅니다

산마루 찬 바람 부는 날 기다림은
알싸한 차인 듯 온몸을 휘감아 눈물이 됐습니다

언젠가 그대 오면 오신 길 지워달라 기도할 겁니다
바람의 대답은 소리마저 윙윙 슬프게 들려옵니다.

기억

아직
그대 생각을 떨치지 못하는 것은
그대에 대한 미련 때문입니다

문득문득
그대는 무얼 할까 생각합니다
이 막연한 그리움은 도대체 무엇일까요

그대에게 나는
연약한 남자였나 봅니다
어떨 때는 나 자신이 싫어집니다

그대 아름다운 모습 황홀한 미소를 기억하는
나의 뇌가 원망스럽습니다
그대 기억하며 두근거리는 내 가슴도 미울 뿐입니다.

상처

아프지만 괜찮아
너무 울어 다시는 울지 못할 것 같지만
괜찮습니다

보지 못해도 말하지 않아도
느낌으로 내 마음을 알아준다면
나는 충분합니다

어떤 날은 나 자신이 한심하고 참기 어려워
아침에 소주 한 병
점심에 소주 한 병
저녁에 눈물 한 병을 마셨습니다

아직도 나는 그대 그리움에
가슴 먹먹한데
그대 향한 내 마음은 어디로 가야 하는지
아직 갈 곳을 찾지 못했습니다.

노을

어둠이 오기 전
하늘은 붉다
한낮 마지막 남아 있는 뜨거운 욕망

바다인 듯 하늘인 듯
거대한 욕망의 괴물은
붉은 입을 벌려 세상을 삼키려 든다

무엇을 채우려고
목젖까지 드러내고
어둠 앞에 숨죽인 대지를 보고 있는지

어둑발은 짙은 안개처럼 내려앉아
고요한 저녁 산과 들판을 잠식하고
내 마음마저 포박하여 휘감아 돈다.

소똥구리

본능으로 살고 싶어
똥이라도 굴리지만
소똥 말똥은 굴려도
사람 똥은 굴리지 않아

천박하고
거짓말에
포악하고
자식까지 죽이는 종자

인간의 똥은 똥이 아니라
독극물이야
천박한 생명체가 배설한
혐오스러운 물질.

세월 앞 사내도 웁니다

나도 몰래 질퍽한 눈가 물기가 스며 나옵니다
슬픈 드라마만 보아도
나도 모르게 젖어 옵니다

감자 두 개 고추 하나 있기에
울지 않으려 이를 악물며 살았는데
아파도 괜찮아 그러며 웃었는데 말입니다

이제는 드라마 속 남자처럼 돌아서 웁니다
자존심은 나이 들어 세월의 강 위에
조금씩 흘려보내 가벼워졌나 봅니다

막혔던 구멍이 열려 펑펑 눈물이 쏟아집니다
뭔 눈물이 이렇게 쏟아지는지
아마 나는 남자 아닌가 봅니다.

清泠浦

저기 병창 보소
한결같이 온갖 風波
온몸을 내어주고

魯山君 哭 소리
바람결 들려와도
무뎌졌던 가슴팍 쥐어뜯는 노송을

나라 곳간(庫間) 서생원이 가득하고
충(忠)은 없고 충(蟲)만 들끓으니
기둥마저 흔들리오

봄날의 사랑

산과 들은
꽃이 피어
나를 부르고

나는 나비 된 양
꽃잎에 앉아
살며시 입 맞추면
이슬도 꽃잎 사뿐히 내려앉아
우리 사랑 질투하며
반짝인다.

자연을 닮고 싶다

자아를 찾아 헤매듯
자연을 품고 우주를 품은
심오한 느낌표를 찾아
수도승 마음으로 세상을 보고 싶다

눈에 보이는 것만 보려 하지 않고
귀에 들림만 들으려 않고
오직 원시적 느낌으로
창조하는 마음으로 세상을 보고 싶다

새벽, 아침, 점심, 저녁 부는 바람
밤에 불어오는 바람의 향기 다르고
느낌마저도 다르다

바람이 본 것과 스쳐 지나온 곳 다르기 때문일 거다

나를 버리고 또 나를 줍다 보면
자연을 닮아 가고 있는
자연을 품은 소중한 보석 같은
살아있는 그런 내 마음을 찾지 않을까?

제목 : 자연을 닮고 싶다
시낭송 : 김정애
스마트폰으로 QR 코드를 스캔하면
시낭송을 감상할 수 있습니다

나도 어느새 아버지를 닮아갑니다

생각해 보니 살아오며
아버지 모습 눈에만 담았나 봅니다
세월 지나 탁해진 각막처럼
아버지 모습 아련하니까요

그리워 울컥 울고 싶어지는 날
누군가 날 보면 가슴 아파할까 봐
조용히 옛날 아버지처럼 걸어 봅니다
땅만 바라보며 그냥 하염없이요

걸음은 힘이 없고 터질 듯 거칠어진 숨소리
그 소리는 어두운 하늘에 퍼집니다

어디선가 내 이름 부르는 듯한
아버지 목소리가 들리는 듯 아려옵니다

세월의 풍화에 삭아가던 당신 모습처럼
이 자식도 변해갑니다

흘러가는 세월만큼
내 주름이 늘어갑니다
늘어가는 수만큼이나
아버지가 더 그리워집니다

나만큼 아팠을
아니 나보다 더 아팠을 아버지가
내 등을 두드리며 아들아 괜찮다 그러며
위로하는 듯 다가옵니다.

봄 손님

시린 땅
불어오는 봄바람에 치마 끝 들썩이더니
화들짝 놀란 봄 여기저기
산과 들 생리 흘렸다

개나리 진달래 벚꽃 목련
몇 번을 반복하여 찾아오지만
치매 앓는 대지는 꽃 이름을 잊었다
모두 잊었다

더듬어 애를 써도 기억은 희미하다

지평선 맞닿은 어느 점 어느 곳에 머물러
오지도 가지도 못하고 있다

오지 않으면 찾아 가리다
가다가 힘들면 쉬어가고
멀어지면 또 쫓아가면 되니까
그러다 보면 봄은 오고 또 가겠지.

삶 2

횟집 공간은 비릿하다

갈기갈기 찢긴 육신의 살 한 점
처절한 생존의 끝
마지막은 늘 비참하다

말없이 난자당한 몸뚱이
퍼덕대는 모습을 보며
사람 사는 세상도 같으리라 생각하며
젓가락은 움직임을 멈추었다

인간 시장도 비릿하다

작은 이익 앞에 아양 떠는
늙은이의 자존심은 갈기갈기 찢긴 생선보다
나을 것 좋을 것 하나 없다

오만가지 역겨운 냄새에
나의 찢긴 구린 인생도 숨을 멈춘다

초장과 고추냉이 간장에 범벅된 생선처럼
움직임 잠깐 멈추고 떨고 있다.

당신과 나 사이

많이 아파
당신을 생각할 수 없었어

이 세상에서 당신이
나보다 소중한 줄 알았는데
아니었나 봐
내가 너무 아파 잠시 잊은 걸 보면

잠깐 이나마 당신을 잊어 미안하지만
여전히 당신은 가장 소중한 내 사람이야.

봄비

찬 바람이 윙윙 소리 내어 울던 날
그대 하얀 옷 입고 오시더니
겨울 가는 듯 봄이 오는 듯
수천 줄기 빗물 되어 만물을 적십니다

젖지 않으려 우산도 들고
처마 아래 숨어 보았지만
바람과 함께 불어오는 그대에게
속옷까지 질척하게 젖었습니다

내게만 오는 그대 사랑 아니지만
나만 적시는 그대 사랑 아니지만
그대 사랑으로 온몸이 젖었습니다

세상 모든 것이 아름다워 보입니다

임의 사랑으로 발아하여
새싹 되고 꽃이 되고 나의 꽃밭은
그대 사랑의 향기로 가득합니다

그대는 향긋한 꽃향기로 나를 자극합니다.

당신은 내 운명

눈물이 날 것 같아
그대 이름을 부르지 못했습니다
그립기도 하지만
이름을 부르지 못했습니다

아직도 당신 생각하면 심장이
터질 듯 빨라지고
당신과 함께할 때처럼
얼굴이 화끈거리기 때문입니다

몸 세포 하나하나
아직 당신을 추억하기에
가끔 그대와 그때의 세상에서
살아가는 꿈을 꿉니다

어느 날 그대 사랑하던
내 마음이 멈추는 날이 오면
난 아마 숨이 멈춰 있을지 모릅니다

언젠가는 오겠지요
그런 날이요.

벚꽃

봄날 잠깐 피었다
흔적만 남기고 떠난다고
그대는 꽃이 아닌가요

가로등 밑 하얗게 빛나던
황홀한 꽃이 그대였는데
아침 뜰을 보니

바람에 흩날려
뒹구는 그대 모습이
슬프지만 아름답습니다

내 곁 그렇게
떠나는 그대 모습
쓸쓸하지만 슬프진 않아요.

순이

기다렸습니다

한 번쯤 돌아볼까 하고
하지만 그대는
무심하게 멀어져만 갔습니다

불러 보지도 못했습니다
소용없다는 걸 알기에
그냥 눈물만 핑 돌았지요
절대 울지는 않았어요

다시는 볼 수 없을 것 같아서
많이 서러웠습니다

사랑인지 아닌지 뭔지는 몰라도
가슴이 저렸습니다

세월 지나 산천이 수십 번 바뀌어도 여전히
그대가 보고 싶은데 아무것도 할 수 없는
내가 참 한심합니다

아직도 그대 생각하면 심장이 요동칩니다.

밤비

어둠이 가득한 세상
그리운 사람이 생각나 밖을 서성이니
어둠 속 빗방울이 나를 흠뻑 적셨습니다

가로등 불빛에 빗줄기 별처럼 반짝입니다
고향에도 내리겠지요
내 놀던 그곳에도

고향에 계시는 어머님도
비 바라보며 아들 생각하시려나요
그리운 나의 어머니

자식 위해 흘린 눈물
빗방울보다 많을 텐데
이놈은 부모 위해 흘린 눈물 술잔보다 작습니다.

새벽 2

잠자던 욕망은 언제나
세상을 향하여 요동친다
언제 하늘을 보았던가

숨죽여 보려 해도
욕망의 씨앗은 폭풍전야다
온몸이 끓어오르고 떠질 듯 꿈틀거린다

잠자라 누르면 싸울 듯하고
쓰다듬고 꼭 안아 달래면
불덩이는 솟구치려 뱀처럼 꿈틀거린다

동쪽 하늘에 붉은 기운 치밀어 오를 때
부풀어 오르는 혈관 핏대 세워
울컥 피를 토해 아침을 맞는다.

가장

남자의 운명은
쟁기질로 화전 밭 일구는
소걸음처럼 힘겨워도
거친 숨을 뱉으며 앞으로 가야만 한다

눈을 번득여 먹이를 찾는
야생의 본능으로
암컷과 새끼를 지키려
눈을 감지 않아야 한다

운명이다
시간이 지나 늙고 병들어도
죽는 그날까지
가족을 걱정해야 하는 것

다가올 운명은 알 수 없으니
힘들지만 다행이다

곧 떠나야 한다고 하더라도
그때까지는 최선을 다할 수 있어 좋다.

꽃물

잠깐 붉었다 말 것을
피었다 질 것을

어쩌다
나도 몰래

향기보다 더 진한
꽃물이 내 가슴에 스며들었다.

유리 벽

어디론지 훨훨 날고 싶었다
하지만 날지 못했다
그대라는 세상에 길든 나는

누군가
날 보고 손짓해도 날지 못한다
그냥 움칠할 뿐이지

그대라는 세상에서
그대를 바라보며
나를 다독인다

좋아질 거라고
행복해질 거라고
주문을 외우면서.

널 적시리

남실바람에 흔들리는 풀잎
그대 다솜스러워
안개비 되어
시나브로 그대 적시고 싶어

한낮 더위 물쿠어 그대 시들어 들 때
작달비 되어
가물어 가는 그대 적셔
하나가 되고 싶어

비 젖어 풀 내 풍겨 몸짓하는
단 하나뿐인
그대에게
나도 흠뻑 젖고 싶어

가을 숲우듬지처럼
우리 물들어 가도
그대 젖고 또 나도 젖다 보면
느끼는 마음 달보드레하겠지.

하류인

입 밖으로 뱉어진
얼룩진 세월은 나를 옭아매고
앞을 가린 희뿌연 안개는
갈 곳 잃은 내 마음 같아 슬프다

세월에 굴복한 나의 자존심은
들에 풀 뜯는 작은 짐승처럼
평범함에 젖어 나약하고 초라하다

산다는 것은 나를 조금씩 잃어가는 것

세상은 모두 평등하다 하지만
출발선이 다른 자에게는 힘겨워
삐거덕거리며 평생을 악으로 깡으로
살아가야 한다

어쩌면 한평생 생각 없이
미친 듯 살다 가는 것도 나쁘진 않으리라
물이 땅을 사랑하고
바람이 만물을 어루만지듯

사람과 사람 사이
미워 말고 따지지 말고 웃으며 살다
그렇게 가는 것도 행복이라면
나는 슬퍼 않으리라.

늪

미혹의 길
안개인 듯 수렁인 듯
천근이듯 만근인 듯
버둥대면 더 깊이 빠집니다

한 개비 담배
온 힘을 다해 빨아도
폐 속 들어오는 연기는 내 고뇌와 번뇌를
바깥세상에 가져가지 못합니다

혼돈
뇌는 꿈속에서 헤매는 듯 정지한 듯
어디론가 가라앉고 벗어나려 하면
더 깊은 수렁 속으로
깊게 빠져듭니다

떨고 있는 눈동자에 비치는 세상이
함께 일렁이고 있을 뿐입니다.

흑백 사진

그대 어디 계십니까
언젠가 어렴풋이 그대와 함께 찍은
빛바랜 사진 한 장
지금은 기억 속 그대처럼
누렇게 빛바래 갑니다

어디에 살고 계십니까
시들어 가는 꽃처럼 그대도 시들어 가는지요
그대도 가을 녘 단풍처럼 물들어 가는가요
나도 푸르던 들녘 색 바래 가듯 시들어갑니다

욕심이지만 이렇게 시들어 갈지라도
생명 다하기 전에
그대를 한 번만이라도 보고 싶어집니다
농담 반 진담 반 그대를 좋아했었다고
넌지시 말이라도 하고 싶어집니다

건강하게 살기는 한가요
이승에서 그리워하다 말 인연이라도
그대를 안 것만으로도 이번 생은 의미가 있습니다
혼자 가슴에 안고 가더라도 말입니다.

해우소(解憂所)

하루 한 번
고통에 우는 남자
아이를 출산하듯 우는 남자

먹은 만큼
또 세상에 내놓아야
살 수 있는 그런 남자

어쩌면 해탈의 정점에서
지그시 눈 감고 다가올
해방의 느낌을 숨으로 뱉는 남자.

사랑과 이별 그 사이

시계는 쉼 없이 돌고
우리 인생은 멈춤 없이 강물처럼 흐른다

세월은 소중한 인연마저
내 곁에서 하나둘 데려가고 있다

흘러가는 세월은 거세고
쓰나미보다 더 잔혹하다

허전한 가슴 마디마디
너마저 없다면
치유되지 못할 슬픈 내 인생

멈춰버린 머릿속은
어지러운 슬픈 난지도
봄바람에 꽃잎 흔들리며 다가오는 향기는
내가 기다리는 당신의 향기일 테지

가문 가슴 생명 같은 사랑
비처럼 내게 찾아오면
그대를 꽃 보듯이 나는 행복할 거야
그날은 내 인생 최고의 날이겠지.

북성포 비둘기

인천 북성포 사료공장 비둘기는 날지를 못합니다
뿌연 먼지 속 공간만 배회할 뿐
떠나라 훠이훠이 손짓해도 떠날 줄을 모릅니다
치열하게 살아온 늙은이들 등 땀 흥건한 모습이
마음에 걸려 떠날 줄을 모릅니다
주위를 빙빙 돌며 구구거립니다
늙은 노구는 쉴 줄을 모릅니다
젊디젊은 본청 직원 눈치를 보면서요
전생에 개새끼인가 아니면 소 새끼인가
서러운 건 가난이요 늙어가는 몸뚱이
그래도 늙어 일하니 고맙다고 욕해도 웃습니다
정말 개보다 못합니다
짖는 대신 가끔 비명 들립니다
세상 노인은 이곳에 다 모였는지
재활용 코너인지 다된 기계처럼
삐거덕거리며 움직입니다
그것도 행복이라며 웃고 난리입니다
숫자에 밀려 퇴직한 사람들 사이
하늘을 날 수 없는 비둘기는 이곳 노인들이 하늘입니다
노인들 눈물 떨어진 사료를 주워 먹으며
오늘도 구구구 거립니다.

빨래

죽은 듯 누워 있겠습니다
물 적셔 비누 발라 주무르고
비비고 두들기고 날 좀 빨아줘요
상처는 나지 않게

통돌이 돌리지 말고
따듯한 그대 손으로
섬세하게 구석구석 얼룩진
세월의 흔적까지 좀 빨아주세요

그대 움직임은 마법입니다
때 묻고 얼룩진 내 몸과 영혼까지
그대 손길 스치면 나는 하얀
하늘을 닮아가니까요

깨끗하게 풀 먹이고
다듬이로 두들겨줘요
다리미로 다려주세요
빳빳하게 나의 자존심 세워주세요

물컹해진 자존심 날 좀 세워줘요
세척액에 향기로운 냄새 섞여
폼 잡아 그대 옷이 되고
하늘을 날고 싶어요.

잠시 쉬고 싶다

정신줄 붙들고 옷깃을 여며도
좌측 뇌의 쿵쾅대는 혈관은
터질 듯 아프다

잠시 어딘가 머물고 싶다
파도 넘나들고 갈매기 울어대는
한적한 섬 무인도 어디쯤

아무런 생각 없이 숨 쉼도 잊은 채
작아도 해 뜨고 지고 바람 부는
조그만 오두막집 하나라도 좋겠다

그것조차 욕심이라면 별과 달
아니 그대 미소만 있다면
그 모든 것 없어도 좋겠다.

바람

너였구나
나의 볼을 만져 주는 것도
머리를 쓰다듬어 주는 것도
나를 안아 주는 것도

외로워 몸서리칠 때
홀로 눈물 흘릴 때도
언제나 곁을 맴돌아 주는 것도
오직 너였구나

그냥 스쳐 지나갈 뿐인데
나는 좋다

기쁠 때 외로울 때 슬플 때
변함없는 너여서 더 그렇다.

안산 습지 공원

상처 있어 곧게 자라지는 못했지만
비바람 견딜 충분한 내력 생겼다
한번 부러지면 일어나지 못하지만
갈대는 바람과 맞서 최선을 다했다

자연의 삶
보고 느껴 배울 수 있으면 얼마나 좋은가
거닐면서 느끼고 자연과 하나 되어
지혜를 배워간다

바람에 서걱대며 흔들려도
절망하지 않는 갈대를 보며
내 삶의 줄기를 매만지면서
되새김질하고 있다

삶의 강물은 많은 사연을 안고 그렇게 흐른다.

당신의 존재

나 아직 그대 사랑하는 이유를 모릅니다
당신 그리워하는 것이 죄 된다고 하더라도
그대를 사랑할 겁니다

그대만이 내 가슴 뛰게 하기 때문입니다
당신이 그리워 눈 뻐근하게 밤잠을 설쳤습니다
방안 곳곳 온통 당신만 가득합니다
슬쩍 바람결 당신의 흔적을 찾아봅니다

당신 내 곁에 머물러 준다면 나는 꽃이 될 테죠
당신은 나의 태양이 되고요
구름으로 잠시 내 곁에 머물러 준대도
그대는 영원한 내 사랑입니다

초점 없이 허공을 헤매는 내 눈동자는
그대만 사랑하고 그리워한다는 사랑의 증표입니다
그대를 사랑하기 때문입니다
꿈결 같은 그대여 사랑합니다.

비와 함께

서글프게 투둑투둑
빗소리가
가슴을 두드립니다

사랑이 떨어지고 그리움도 떨어집니다

빗방울 하나에
사랑 녹고
또 하나에 그리움이 녹아
빗줄기로 떨어집니다

빗줄기는 온몸을 적셔
가장 낮고 깊숙한
그곳에 떨어집니다
은밀한 그곳으로

빗물에 녹은 사랑과 그리움과
미움이 가득한 육신은
땅 아래로 스며듭니다
아무도 모를 그곳으로.

발(足)

나의 주인이여
내게 봄여름 가을 겨울
쾌쾌한 감옥 가둬
무거운 짐 얹어 평생을 살라더니

맛있는 것은 입이 먹고
구경은 눈이 하고
야릇한 재미는 뿌리, 손, 입, 눈
자기들끼리 탐합디다

열심히 살랬더니 젠장 내 몸 썩어
청국장 냄새 진동하는데
자기들이 쉴 때나 잠잘 때
재미 볼 때만 씻겨 주더이다

팔자가 더러워 맨 아래 살지만
내 임무가 그것이라
가자는 데로 가고 하자는 대로 다합니다
그래도 남는 것은 곰팡이뿐

바닥 기어 사는 인생
그럭저럭 버틸만하다지만
저놈들 하는 짓을 눈감아야 편할는지
이놈의 세상 쿠려서 못 살겠소.

나의 장미여

아름답지만 가까이하기에는
너무도 견고한 방어 시스템
이빨 드러내 으르렁거림은 없어도
온몸 가시 세워 경계 멈춤이 없다

그녀에게 가까이 가려면
전투하듯 완전무장 해야 한다
장화 신고 장갑 끼고
할퀴고 찔러도 버틸 견고한 그런 차림

비장한 각오로 그녀의 성에 도전한다
전투가 격해도 반드시
너를 꺾어 곱게 치장하여
나의 침실에 모시기 위해서다

아름다운 침실 화병 곱게 꽂아
향기로운 그대 향기를 맡으리라
언제나 눈을 뜨면 볼 수 있는 가까운 곳
곁에 두리라
그리고 향기에 취하리라.

태양

화살보다 강렬하고
철판 같은 단단한 심장 뚫어
피떡이 되도록 만드는 강한
붉은 메시아

심장은 멈춤 없이
둥둥둥 북소리를 울린다
도대체 누가 어떻게 하였는가

새벽은 촉촉하고 은밀하게
아침은 뜨겁고 강렬하게
저녁은 고요하게

바다 위 넘실대는 붉은빛
임의 눈물인가
임이 토한 각혈인가
숨을 멈춘 바다는 붉은 심장을 벌떡인다.

찻잔

빛과 어둠 공존하는 곳
나는 그대를 느끼고 싶습니다
가만히 있어도 느껴지는 그대의 온기
그것만으로 황홀해지겠지요

가까운 곳에서 그대를 바라보며
그대 숨결이 느껴지는 거리에서
그대 몸 한 부분 전해지는 느낌은
전율처럼 내게 전해지겠지요

솜사탕같이 달콤하게
그대 입술이 닿지 않아도
그대 몸에서 전해지는 향기가
나를 취하게 할 겁니다

세상에서 가장 특별한 날
소나기에 온몸 젖듯이
그대에게 젖고 싶습니다

온몸으로 전해지는 그대를 느껴보고 싶습니다.

酒(주)의 힘

울적해서 한잔했어요
몽롱한 정신 놓치기 싫어서
이런 내 모습이 나도 낯섭니다

한잔 술이 당신을 더
요염하고 아름답게 만드는지 몰랐어요
혹시 최음제 탄 것 아니겠지요

고릴라가 치마를 입었어도
양귀비처럼 보일 거 같아요
이상해요 내 상태가
어떡하죠

그냥 이대로 그대를 바라볼 수 있으면 좋겠어요
꼬집고 때리고 욕해도 그대 애교 넘치는
요염한 여자로 보일 겁니다.

암흑 도시

빌딩 숲 쓰레기 조각만 바람 따라 뒹굴고
거리를 헤매던 도둑고양이 울음소리만
기괴하게 들릴 뿐이다

폐허 된 도시처럼 불빛 없고
단지 어깨가 축 처진 사내 그림자만 서성일 뿐
슬픈 시간이 흐른다

눈물범벅된 찌든 작업화
냄새나는 몸뚱이 비틀거리며
병든 들짐승처럼 어디론가 향하고
도시의 회색 시간은 흐른다

회색 빌딩 숲속 희망은
들고양이 울음소리 묻혀
저 멀리 쥐새끼 꼬리처럼
쥐구멍에 숨어든다

동트고 날 밝으면 무거운 몸을 끌고
사내의 하루살이 또 반복되겠지
허름한 작업화에 꿈을 가득 담아
햇살을 맞으려고 집을 나설 것이다.

사랑의 진실

사랑은 지나가는 비 같아
흠뻑 적시고 모른 척 지나가는
무심한 것이다

사랑은 어느 날
밤하늘 반짝이던 별이
슬픈 별 하나가 되어
심장에 날카롭게 꽂히는 것이다

사랑은 가끔
고지서보다 무섭고
사망진단서보다 더
절망스러운 이별 통지서를 보낸다는 것이다

이별은 늘 야멸차게 행해지는 것
마음대로 사랑하고 마음대로 이별하는 것이
사랑 방정식이라면
이별은 늘 더 많이 사랑한 사람의 슬픈 몫이다.

별 같은 사람아

아직은 당신을 잊지 못했어
보고 싶다 지금도 많이

당신은 모든 순간 잊고 잘 지내는지
아직 난 가끔 밤마다 꿈을 꿔
잊으려 했는데 잊을 수 없어서
잊을 수 있는 그런 날이 오면
아마도 내 숨이 멈춰 있을지 모르겠어

꽃 피는 유월이
이토록 추운지 처음 알았어
어쩌면 당신이 나의 햇살이었던 것 같아

비바람 부는 캄캄한 밤 당신이 그리워서
창문 열고 빗물에 얼굴 푹 젖도록 한참을 있었어
그렇게 해봐도 답은 없더라

염주처럼 내가 당신 곁 맴도는 걸 보면
당신 잊은 게 아닌 것 같아
밤하늘 별을 봐
마음 한쪽 조금은 내 생각이 남아 있는지

난 지금 별 보며 그대를 생각해
잘 지낼까 하고
아프지 말고 행복하게 지내라고 말하고 싶은데
왜 자꾸 눈물이 나는지 모르겠다.

빨판 같은 미련

붙잡지는 않겠어
잊으라면 잊어야지
잊으려다 못 잊어도 어쩔 수는 없어

못 잊어 그리워하더라도
못 본 척하길 바라
못 잊는 나도 괴로울 테니까

언젠가는 잊겠지 잊히겠지
기억이 가물가물할 때가 오면
내 이름도 잊힐 테니까

보고파 아파할지 모르겠지만
혹시 먼 곳까지 소식이 들려도
그래도 그냥 모른척하면 좋겠어

꿈속에도 나타나지는 말아 줘
바람이 갈대 흔들듯 흔들지 말고
무심하게 그냥 지나치면 좋겠어.

사랑은 아픈 거래

흔들지 말아요
쓰러질지 모릅니다
보고 싶어 참은 눈물
봇물 터지듯 넘칠지도 몰라요

웃지 말아요
당신 미소와 눈짓으로
그리워도 참았던 마음
촛불처럼 흔들릴지 모르니까요

그대 보면 나의 머리는 먹통이 돼요
당신의 일부가 된 듯 그래요
슬퍼도 행복한 것은 왜 그런지
나도 잘 모르겠어요

이상해요
사랑은 행복과 슬픔이 함께 하나 봐요
사랑 때문에 생긴 상처는 아물지 않아요
사랑 참 이상하지요.

봄날 같은 사랑

그대 보는 순간 은은한 노을이 생각났어
왜 그런지 몰라 이유 없이
나이가 무슨 상관이야
살다 보면 나이는 먹는 건데

나는 아직은 몰라 사랑이 뭔지
사랑은 서로의 교감이 아닐까
당신이 날 사랑해 준다면 생각해 봐야지

육신은 그냥 포장에 불과하다고 생각해
당신의 영혼이 청춘보다 아름다우면
당신은 청춘이야
영혼은 육신을 지배하지

살다 보면 이별이 찾아오겠지
이별은 싫은데
화나는 일 생기면 마주 보며 사랑할 때
그때만 생각하면 안 될까

나는 둘만 있는 세상에서 살고 싶어
떠나지도, 돌아오지도 못할
아주 외딴 무인도에 단둘이서 말이야

내일 죽어도 후회 없는
그대는 내 사랑이란 걸 기억하면 좋겠다.

비우며 살리라

잠들지 못하는 사람아
욕심은 파도처럼 거세고
하늘보다 높다더라

욕심으로 좌절하고
욕심으로 울부짖는 사람아
때로는 바보처럼 사는 것도 행복이라더라

버리며 사는 것을 버리지 못해
무너지고 아픈 것인데
어이 그 끈을 놓지 못하는지
우리 쉬어가세

무심하게 흐르는 냇물처럼
살다 보면 사랑도 미련도 욕심도
모두가 헛것인데
껄껄 웃으며 아무런 생각 없이
세월을 벗 삼아 그냥 쉬었다 가세.

행복이 별거던가

온몸에 뽀얀 돌가루 덮어쓰고
입안에는 땀 흘러들어 찝찔하고
마스크는 무용지물
눈과 코 입속 돌가루 버석거려도

몸은 약해져 옛만 못하여도
내 부모 그랬듯 날 보는 가족 있어
웃으며 살아가오

모든 것이 행복이요 이렇게 사는 것도

퇴근하면 가족이 반겨주고
반주로 소주 한 병이면
입가에 미소가 번지고 아픈 것은 잊히고
피로쯤이야 하루 힘듦도 연기처럼 사라지지

힘든 것은 오늘 하루 지나가면 잊히는 것
가족의 행복은 내가 사라져도 남는 것 아니겠나.

아내의 작업복

허름한 작업복
무언가 울컥 올라 하늘만 쳐다본다
못난 사람 만나 고생하는구나
미안한 마음 가슴 한쪽 골바람이 분다

꽃처럼 아름답던 모습은 어디 가고
초라하고 축 처진 모습이 애처롭다
저렇게 만든 내가 미워진다
미안한 마음이 뼛속까지 저려온다

저 사람에게 난 찬 서리였나
아내 모습 안쓰러워 눈을 감고 침묵한다
참으리라 어떤 울화가 치밀어도
저 여인을 위해서 참으리라

행복하게 해줘야지
아프게 말아야지
살아가는 동안은 마음만이라도 웃게 해줘야지
내 마음에 매운 이슬비가 내린다.

제목 : 아내의 작업복
시낭송 : 박영애
스마트폰으로 QR 코드를 스캔하면
시낭송을 감상할 수 있습니다

새벽 비

마당에 쏟아지는 빗소리 따라
날은 밝아오고
오늘 걱정 내일 걱정

순수한 아이 모습 어디 가고
처마 끝 쭈그려 앉은
반백 노신사 하늘 보며 탄식한다

아!
내뱉는 탄식 소리
담배 연기 묻혀 구름 되어 흘러간다.

세상 떠나는 날

가자 하네
영감이 가자 하네

세월 흘러 떠나는데
막내야 울지 말라
보고파도 울지 말라

점심 먹고 돌아서니 서방님 마중 왔네
정신없이 살다 보니
나이 들어 서방 가고
병든 몸 뒤척이니 요양원 열여덟 달

요양원 툇마루에 힘든 몸 누이니
하늘은 푸르고 구름은 가볍다
정신없이 살아온 삶이 영화처럼 흘러가니
모든 것이 허무하고 슬퍼라

막내 놈 낯짝 보고 가면 좋으련만
마음대로 안 되는 것을 어이하랴

무거운 몸 가눌 길 없어 서러워 울었건만
이제는 육신까지 날 버리니 가벼워 살 것 같다

아가야 잘 있거라 내 갈 길 가야겠다
네 아비 따라 쉼 없이 가야겠다.

막내야 울지 마라

자식은 풍치였나
그런 것이 인생인가

세상을 등지며 돌아서는 길
편히 두 눈 감지 못하네
이런 것이 삶인 건가

와르르 무너지는 육체
아프다고 말하면 당신은 아실까
먼 길 떠나는 내 모습 슬퍼
안타까이 바라보는 자식들 보오

저승길 오르막길 숨이 차 허덕이는데
먼저 떠난 서방님 날 찾아오셨구나
자식 걱정하느라 고생했네
인제 그만 우리 함께 가소

육신은 식어가도
남은 것은 먼저 떠난 낭군님뿐이구나
자식은 여럿이나 사방팔방 바빠
떠나는 이 어미 배웅도 아니 하네

슬프다 인생살이
병든 몸뚱이 벗어나니 살 것 같아 좋으련만
다 늙은 자식 걱정에 가슴이 미어지네

여보 우리 가더라도 천천히 한 걸음씩 갑시다
막냇자식 우는 것 안타까워 못 가겠소.

마지막 길

삶이란 별것 없네
끝난 인연인 줄 알았는데
길마중 오셨네

먼 길 마다치 않고 날 마중 오셨네
다정히 손잡아 주니
고맙고 반가운데

슬프게 우는 자식
울지 마라 다독여 주고 싶어도
자식은 알지 못해
통곡만 하는구려

저승길 가져가라 노잣돈이 무슨 소용이요
오늘이 마지막 이승과 인연인데
인연 끊으려니 뼛속까지 저리요
너무 아프오.

금쪽같은 세월아

끝없는 세월인 줄 알았는데
투닥투닥 살다 보니 얼마 남지 않은 세월

봄은 가고 여름은 영원한 줄 알았는데 어느새
세월 굽이굽이 돌아 가을에 와 있구나

짊어진 짐 무거워 바닥만 보다 보니
해가 뜨고 지는 줄 몰랐구나

어느 날 우연히
거울 속 자신이 삶에 지친 노인처럼 보일 때
쿵 떨어지는 심장 주울 수 없어 나는 울었다

아! 나도 가을이구나
추수할 나이 멈추려 하니 망할 일인 줄 알면서도
멈출 수가 없구나
이것이 인생인가!

고장 난 인생은 브레이크가 없다는 걸
이제야 알았다

자투리 남은 생은 금쪽같이 아껴야지
미움도 잊고 원망도 잊고
내가 뿌린 것은 내가 거둬 가야지

친구란 그 아이

창가에 걸터앉은 달이 널 부르고 나를 불러
그 옛날 냇가 동심의 마음으로
우리 만나게 해주면 좋겠다

과장되지 않은 순수한 모습으로
손잡아 주던 친구가 내 곁에 함께 앉아
부담 없이 웃어주면 감사하겠다

슬프거나 행복할 때 우연히 생각나는
그 사람이 보고 싶다
걸음마 배우는 아이처럼 보면 행복해지는
그런 그 사람이 보고 싶다

사소한 것에 웃어주고 울어주고 손잡아 주던
어릴 적 그 친구가 보고 싶다
머리가 하얗게 채색되어 웃어도
어여쁠 그 친구가 보고 싶다.

여름은 왜 찐득일까

온몸이 끈적인다
발에는 청국장 띄우듯 끈적한 땀이 남아 있고
말 못 할 그곳에는 쉰 냄새가 진동한다

머리에 안전모는 여벌이건만
탈모 있는 나에게는 저승사자보다 무섭다
안전모 속에는 고약한 발냄새

바람아 불어라 속옷마저 젖어 드는 더위는
선풍기도 없는 여름날
저렴한 인간에겐 지옥이니까

세상은 살만하다 누가 말했나
아픔 없는 세상 있으면 웃으며 살아 보련마는
오늘도 웃을 일 없지만 멋쩍어도 세상 저렴한
인간 비웃는 잘난 놈을 생각하며 씩 웃는다.

목마의 슬픔

봄 여름 가을 겨울 흐르는 시간
목마는 묵묵히 계절을 즐기며
모든 것을 감내하고 서 있다

세월에 삭아가는 몸
검게 채색되어 홀로 덩그러니
버려진 듯 남아 있어도 불평이 없다

관심 없이 사람들은 지나가고
목마는 쓸쓸히 먼 허공만 바라보며
세월의 무심함에 익숙해지고 있다

쉼 없이 흘러가는 세월
목마는 병들게 하는 시간을
멈추게 하고 싶어 한다

목마는 별이 되어 밤하늘을 달리는 꿈을 꾼다
은하수 반짝이는 하늘 바다를
멈춤 없이 달리고 싶어 한다.

초로(草路)

새벽 지나 동트기 전
조용한 이슬길
그런 길을 거닐고 싶다

작은 소리에 귀 열고 마음을 열어
조용한 이슬 걷히지 않은 길
풀벌레 노니는 그런 길을 걷고 싶다

전쟁하듯 치열한 세상에서
아무런 생각 없이
발길에 차이는 이슬 머금은 풀 위를
내가 이 세상 태초 사람인 양 거닐고 싶다

풀벌레 울다 지쳐 조용해 질 무렵
이슬로 목축이고
살며시 앉아 눈 맞추고
무엇 생각할지 생각에 잠겨보고

이슬 젖어 누운 풀잎 헤치며
걸어보고 싶다
인생도 자연의 일부려니
풀 한 포기도 아껴주며 조용히 걷고 싶다.

기다림은 꿈입니다

당신이 꿈이었어요

가로등 하나둘 지날 때마다
당신과 함께한 시간이 낚시에 고기 걸리듯
생각나는 이유는 뭡니까

전봇대 하나에 50미터
짧지만 긴 여행을 하는 듯
그대와 함께한 세월이
밀물처럼 밀려드는 이유는요

멀어진 시간이 길고 긴데
돌아오지 못하는 그대가 밉습니다
내 가슴속 남아 있는 그대가 야속합니다

떠나라 밀어내도 소용없이
내 곁에 있는 당신은 무슨 연유입니까?
오지도 않을 사람 기다리는 것은 바보인 줄 알면서
이렇게 기다리고 있는 나는 정녕 바보인가 봅니다

기다림은 힘들지 않습니다
그대가 빙빙 돌아오신다고 하여도
오신다는 기별만 있다면 행복하게
당신을 기다릴 수 있습니다.

이별 없는 세상

아침 지나면 밤 오고
닭 울면 새벽 오듯
사람과 인연 만남과 이별 연속이다

내 곁에서 멀어진 동지들 그러했고
어머니와 아버지
그리고 사랑했던 수많은 인연이 그러했다
언제나 이별은 아프고 괴로웠다

잠에서 깨어 일어나면 빠지는 머리카락처럼
나의 의지로는 어쩔 수 없는 이별
이별은 늘 아쉽고 쓸쓸했다

삶의 일상에서 일어나는
각질 같은 케케묵은 이상은 잊자
붉은 태양이 떠오르면
오감의 문 활짝 열어 하늘을 안아보련다

이별 없는 세상 기억 속 모든 사람과
언제나 함께하며 살고 싶다
당신과 만남도 이별 없이 그렇게 살고 싶다.

민들레 꽃씨

가혹한 삶의 족쇄여
나 날아갈 테요
붙잡지 마오

바람 타고 훨훨
구름처럼
떠나갈 테요

보도블록 틈 함께 살던
그대를 남기고
바람이 데려다주는 곳으로 날아갈 테요.

외로움도 때로는 행복이다.

홀로라는 것은 쓸쓸하고 외롭지만
행복이라 말하고 싶다
자신을 돌아볼 여유 있기 때문이다

시원하게 부는 바람 그리고 뜨거운 태양
온몸으로 느껴지는 모든 것이
희열이고 행복이라 하겠다

뜨거운 열정이 샘물처럼 솟아오르는
생명의 힘이라 하고 싶다
살아 숨 쉬고 있음이 시작이고
희망이라고 생각하고 싶다
사랑함도 이별도 모두가 훗날에는
아련한 보물찾기일 거다

홀로란 때로는 충전이다
원점에서 생각하는 그래서 가끔은
홀로 있음도 행복하다 하겠다

외로움은 때로는 창조이다
신선한 시작이고 출발이다
살아온 발자취 되돌아보며
내일을 생각할 수 있기 때문이다.

아버지 발소리

터벅터벅 발소리
무거운 소리
지금은 그리운 소리

내가 닮고
내 자식 닮아가는
그 소리 발걸음 소리

끝없이
걸어야 할 소리
걸어갈 그 소리

내 손자가 걸어갈
발걸음 소리
대밭 스치는 바람 소리.

창조

파괴적이다
부수고 또 부수어 이룰 수 있는 것
저 뜨거운 태양을 보라
아찔한 각막 사이 파고드는 빛을 보라

해가 지는가
해가 뜨는가
느껴지는가? 그대는

온몸에 흐르는 피
대지에 끓는 뜨거움 가슴으로 느껴보라
펄떡이는 물고기처럼 가슴은 뛴다
맛봤는가
그대는 죽고자 했는가 살고자 했는가

가슴에 피는 뜨겁게 끓어오르는데
이성은 차가운 칼날 되어 여지없이
머리를 자르고 가슴을 회를 쳐 놓으려 한다

무엇을 원하는 것인가
과거를 원하는 것인가 추억을 원하는 것인가
몸속 깊이 파고드는 칼끝의 아찔함이
정신까지 칼질하여 예리한 이성을 갖게 한다

가자!
진실의 힘은 언제나 위대함인데
폭풍처럼 쓰나미처럼 산사태처럼
칼끝은 검은 그림자를 빛으로 칼질한다.

추석

한동안 보고 싶지 않던 달
어머님 세상 떠나신 후
실감이 나지 않아서
한가위 돼서야 하늘을 쳐다보았다

마을 어귀 한결같이 자식 언제 오나
기다리던 그 모습이 보이지 않을 때
그때야 비로소
아! 외마디 외로움이 뼛속까지 전해졌다

대문을 열고 마당에 들어서고
방문을 열고 거실을 둘러보아도
병든 몸 벽에 의지하며 반겨주시던 어머님은
숨바꼭질하는가?
이곳저곳 찾아봐도 계시지 않았다

새벽이슬과 안개는 온 마을을 삼키고
앞동산 꼭대기만 어슴푸레 남겨 놓았다
버릇처럼 일어나 마을 이곳저곳
어머니 그림자만 찾아다녔다
사무치게 어머님의 목소리가 그리웠다
아들 왔어! 다정한 그 목소리가

동이 트면 상을 차려 인사를 올리고
앞동산 어머님 아버님 계시는 곳
빗자루 하나 들고 이슬을 걷으며
술 한 병 안주 몇 가지 주섬주섬 챙겨
인사하러 가야지 부모님과 옛 추억을 생각하면서

어머니 아버지 막냅니다
며느리 손주 손녀 손잡고 인사하러 왔어요
추운 이슬 맞으며 두 분이 계시는 앞뜰에 자리 펴고
이렇게 중얼거린다

살아생전 하지 않던 긴 이야기
혼잣말처럼 주절거리며 술잔 들어 올리면서
산소 주위만 빙빙 돌아본다
아기가 부모 주위를 맴돌듯

생전 눈물이 없는 나인데 괜스레
눈이 촉촉하게 젖고 가슴이 먹먹해진다.

본능(本能)

벗고 싶다
아주 홀가분하게 그리고 시원하게

때로는 한겨울 찬 바람 앞에서도 벗고 싶다
발정 난 개처럼 오감이 흥분하여
발작을 일으키며 느끼고 싶다

벗기고 싶다
내 눈을 가리는 모든 것들을
그리고 모든 것을 보고 싶다
원초적이고 원시적인 것
가식이 전혀 없는 그냥 그대로 보고 싶다

반짝이는 아침 이슬의 눈물을 보고 싶고
풀잎 온몸 떨며 느끼는 오르가슴을 보고 싶다

씻지 않은 바위가 흘리는 땀방울
몸에서 풍기는 땀 냄새라도 좋겠다
그냥 그대로 보고 싶다

어릴 때 냇가 알몸 되어 노닐듯
가식 없는 몸과 마음의 옷을 벗어
스치는 바람 앞에도 흥분하고 싶다

자연과 하나가 되고 싶다
마음의 바닥 그것을 느끼고 싶다.

가을 잔인하다

사랑이 내 곁을 떠날 때
그 계절은 잔인하게 날 울렸다

깊은 산 옥로에 걸린 짐승처럼
발버둥 치는 모습보다 더 처절하게
내 두 눈은 죽음의 공포를 느꼈다

떨어진 낙엽처럼 희망이 없어
나는 처절하게 하늘을 바라보며
사랑을 원망했다

사랑에 허기진 짐승처럼 사랑을 갈구하는
사내의 울부짖는 소리는 허공의 메아리였다

가을 숲속 바람 소리는
사내의 울음소리마저 삼켰다
식어가는 눈물은 뒹구는 낙엽 위에 떨어져
슬픈 노래가 되어 바람 소리 되었다

바람 앞에 흐느끼는 낙엽 소리
그 사랑은 내게 바람이었다

가을의 슬픈 소리는 오직 하나였다
그립다는 것과 보고 싶다는 것
가을 소리는 가슴 저미게 쓸쓸한
눈물 떨어지는 소리였다.

어느 슬픈 날

어느 날 문득 누군가 그리워져
슬픔이 밀려오고 울고 싶어질 때
나는 눈을 감고 말리라
고개 숙여 돌아서리라

바람 소리 슬프게 들리는 날
나는 무작정 지하철을 타리라
사람들 표정 보며 유리창에 비친
날 보며 실성한 사람처럼 웃다가
혼자 미친 듯 중얼거려 보리라

폭발 직전 가슴이 진정된다면 낯선 사람과
어느 허름한 주막에 앉아
말도 안 되는 농을 건네며 건배하리라
그러다 얼큰하게 취기가
오르면 둘이 함께 어디론가 떠나리라
비틀거리는 삶 옆구리에 끼고.

빛과 희망

사는 게 힘들어도
우리 포기는 하지 말자
절망의 순간에도 희망은 있을 테니

눈을 뜨자
눈이 떠지지 않거든 벌리고
붙어 있으면 찢어 세상을 보자

빛은 눈뜬 자에게만 있을 테니
눈이 부셔도 태양을 가슴에 안아
어둠의 울타리 거기서 벗어나자

우리 그렇게 하자
절망 그 순간에도 꿈을 꾸자
방황하지도 멈추지도 말고
굳은 신념이 우리의
어둠을 거둘 테니까.

꿈이 죽은 밤

질펀하게 젖어 든 육신 늘어지고
눈이 큰 부엉이 땅을 긴다
쥐새끼도 세상을 한탄하며 토하려
욱욱 소리를 내고 있다

벽에 기대어 방관하는 벽시계는
술에 취한 술꾼처럼 갈피를 못 잡는다

옆집 아저씨 자다 일어나
장롱문 열고 오줌 싸던 이야기도
앞집 아주머니 길거리 앉아서 오줌 싸며
멋쩍게 웃던 이야기도 초침에 실려 지나간다

새벽 술 깨고 나면 잊힐 질펀한 이야기
옆 사람 얼굴도 목소리도
땀 냄새조차도 머릿속에서 지워지겠지

바다 어느 곳 모래톱 위를 지나간 갈매기 발자국처럼
파도가 밀려들면 모두 뻔하게 지워지듯 잊힐 것이다

젊음의 인장처럼 당연하던 모든 것은
하나의 꿈인 건가
해녀의 숨소리 돌고래의 숨소리같이 뿜어져 나오는 소리가
통곡처럼 들린다

오늘도 내 청춘 한 귀퉁이 떨어져 울고 있다.

인간 시장

어둠을 지나온 육체는 만신창이다
정신까지 혼미하게
무엇을 얻으려고 밤길 재촉하였는지
허기진 뱃가죽만 쓰다듬는다

내게서 멀어지는 많은 것들
모든 것이 인연 때문이다

버려야 한다 나를
홀로 철저하게 고독해야 한다

내 속에 살아있는
백색의 희망과 암흑의 절망
무엇인가를 선택하기 위해
야바위꾼 앞에 선 사람처럼 삶의 갈림길에 서 있다

새벽녘 진열된 생선처럼
인력시장 진열된 즐비한 사람들
덜 깬 술기운은 싱싱해 보이려고
눈을 크게 뜨고 어깨에 허망한 뽕도 넣는다

팔려야 사는 게 한두 명이겠냐마는
몸은 삭아가도 웃어주는 혈육 있으니 얼마나 다행인가
팔리지 못한 이들의 모습은 살아도 산 게 아니다.

인화(人花)

살아오며 홀로 눈물짓던 당신이
너무 그립습니다

힘들어도 용감하게 세상을 헤쳐 나가던 사람
오늘은 당신이 너무도 그리워
내가 울먹입니다

그때는 몰랐습니다
당연하다 생각했으니까요
당신이 간절하게 생각이 납니다
몸이 저려와 오금이 저릴 정도입니다

세월의 무관심에도
세상의 압박에도
시들지 않고 버텨준
당신은 아름다운 나의 꽃입니다

은은한 당신의 향기로 나를 중독시킨
당신은 외로워도 외롭다 말이 없고
투덜거림도 비난도 인내한
당신은 살아있는 나의 꽃입니다

어두운 밤 별빛은 떨어지고 그 빛줄기는 꺾기여
내 눈동자 각막을 찢고 들어옵니다
그래도 잊을 수 없는 것은 당신의 환영
늘 당신은 은은하게 빛나는 나의 꽃입니다.

일 년의 마지막 날

한 계단 두 계단 오르고 또 올라
또 한 번의 연극이 종료되고 있다
12월의 눈보라가 꽃처럼 아름답다
흰 눈이 머리 위에 쌓여도
이제는 털지 않는다
눈송이 하나가 하루인 양 털기가 싫어서
어깨 위 쌓이는 눈도 새롭고
온 산야에 하얗게 내리는 눈
송이송이 새롭고 신기할 뿐이다
처음 보는 것도 아닌데
손바닥 떨어지는 눈송이
내 생에 열두 달 마지막 계단에서
이별 눈물을 흘리고 있다
다시 볼 수 있을까
새롭게 시작하는 개막 연극에서
한 계단 두 계단 버거워도 또다시
오르고 올라 12월의 눈을 볼 수 있을까
내 손을 잡고 마지막까지
동행할 사람은 누구일까
비틀거릴 때마다 따듯하게 일으켜줄
사람은 누구일까?
꿈일까 바람일까?

새해

태양은 붉다
그 붉음을 닮고 싶어 새벽 산 위에 올라
동쪽 하늘을 바라본다

식어가는 열정을 깨우고 젊음을 붙잡고 싶어서
소중함을 모르고 탕진한 젊음
돌아오지 않겠지만 조금 남아 있는 개평 같은 소중한 시간
내게서 세월이 훔쳐 가지 못하게 아껴보리라

두 눈 부릅뜨고 남겨진 시간
가족과 못다 한 이야기 나누며 곁을 지켜준 인연과는
더 가슴 아픈 언쟁은 그만두기로 하자

어차피 떠날 때쯤 후회만 남을 테니
상처만 남겨 두고 떠나가지 말아야지
아련한 추억으로 미소 짓는 인연들을 남겨 두고 떠나가리다

지우고 싶은 발자국은 남기지 말자
상처가 될 말들 숨겨 두기로 하자 곰삭아 없어질 테니
많은 인연이 기억해 줄 향기로운 사람으로 남기로 하자

미소만 남겨두자 행복을 주는 그런 말만 하자
나빠 보다는 좋아
미워 보다는 사랑해라고 말하자.

이별의 아픔

살 찢기는 아픔쯤이야
별것 아니라고 생각해
세월 지나면 새살이 돋을 테니까

멍든 것이야 3일이면 낫고
부러진 것이야 6주면 낫는다지만
이별의 아픈 마음 치료할 길 막막하다

물안개 피듯 스멀스멀
그대 향한 그리움이
그대를 향해 자꾸 가려 한다

미련인지 무엇인지
사라지지 않는 이 아픈 흉터
울컥울컥 무엇인가 만조처럼 차오른다.

시인아

바람의 느낌
별의 속삭임마저
들으려던 그대가
아내 마음 하나 못 읽었구나

바람처럼 흔들어도
가시로 찔러도
그것이 사랑이었다는 걸
왜 몰랐을까

바람 대신 아내의 숨결을
별 대신 아내의 얼굴을
빗물처럼 스미는 아내의 사랑을
왜 몰랐을까
바보 같은 시인아!

사랑 참 나쁘다

임은
떠나가도
남아 있는 것 하나 있다

임이 남기고 간
반품할 수 없는 사랑

잊으려면 아프고
버리려면 다시 돌아오는
그대 남긴 사랑의 찌꺼기.

이별 연습

잠자던 심장이 발작을 일으키는 것은
사랑의 시작이고
이별하려는 연습이다

내가 아직 살아있음은
당신을 지우지 못함이고
당신을 떠나보내지 못하기 때문이다

내 마지막 고뇌하는 이유는
만남 같은 이별을 위함이고
설레며 이별하고 싶기 때문이다.

도시의 남자

어둠이 가득한 밤 고막을 울리는
기계 소리와 소음이 요란하다

꿈을 캐는 노인은
지친 쥐처럼 이리저리 구석진 곳
어둠을 뒤지고 있다

어디에 있을까
어떻게 생겼을까
한 번도 본 적 없는 꿈을 찾으려고
덩그러니 혼이 빠져나간
육체만 꿈틀거리고 있다

언젠가는 아침이 오겠지
해도 뜨고
늙은이는 어두운 밤하늘
별을 찾으려 우두커니
사방을 응시하고 있다

밤하늘에
숨어 있던 별이 반짝인다
노인의 마음을 위로라도 하듯.

청춘

청춘은 거센 파도 같아
부딪치고 부서져도
거침없이 돌진하는 황소 같아라

청춘은 타오르는 화산 같아
태산 같은 걱정도
태워 버리는 불덩이

잠에서 깬 생명의 움직임
보이지 않아도 느껴지는 강한 힘의 느낌
청춘아 가자

거대한 벽을 넘어
넓은 세상으로 가는 문을 활짝 열고
내 안의 불타는 청춘아 가자.

감정 줄다리기

이쪽을 누르면 저쪽으로
저쪽을 누르면 이쪽으로
물든 풍선처럼 내 마음 쿨렁거린다

냉정하고 견고하게 가둔 마음
빙하 속 매머드처럼
영원히 잠들게 할 수는 없을까

우리 기나긴 냉온의 줄다리기
당신이 너무 당기고 놓으면
내가 다치니 어찌할까

완벽하지 못한 것이 인간인데
우리 서로 조금 양보하면 어떨까
내가 조금 그대 조금

완벽하게 살려고 곡예 말고
모자란 척 그렇게 살자
적당하게 양보하며.

팽이

돌아야 살 수 있다면
도는 것이 운명이라면
돌리라
버티지 않고

생각 없이
미친 듯
나는 돌리라

이 세상도 도는데
까짓것 돌아보리라
쓰러져 죽을 때까지.

탑정호 루체

내 마음은 풍경(風磬)이요
그대 생각 바람처럼 다가오면
나는 처마 끝 풍경 되어
소리 내어 울리라

그대 스친 자리마다 적막 흐르고
탑정호 그늘진 곳 잘 있으라
글 남긴 듯 차가운 흔적만이
갈대만 붙들고 있다

해 뜨면 흔적마저 사라지겠지만
아무 일 없다는 듯 탑정호 그늘 아래는 조용하리라

떠나리라 나도 바람처럼
삶의 구속으로 이제 돌아가리라.

낙화

꽃 시들고 또 진다고 슬퍼는 않으려오
피었다 언젠가는 지는 것을
한 시절 향기에 취하고 아름다움에 취했으니
서러워하지는 않으려오

세월 가도 어쩌지 못하는 게 흔적인데
떨어지며 나부끼는 낙화도 아름답소
고개 숙인 꽃송이도 퇴색되는 꽃잎도
지나온 자리 그 흔적이 청춘보다 아름답소

때로는 우울하고 때로는 슬퍼도
한 송이 꽃처럼 피고 지는 게 인생이 아닌가요
찾아오던 손님도 오지 않고 흐르던 눈물도 마르는데
세상만사 모두가 연극 같소

버티던 두 다리 휘청이면 서로 지팡이 되어 주고
목마르면 서로의 물그릇이 되어 주면 좋은 것을
우리 사는 그날까지 함께 가요
기뻐도 웃고 슬퍼도 웃으면서 함께 가요.

경칩

입을 열어
울어 보려 해도
패대기쳐질까 두려워

꼭꼭 숨겨둔 말
개굴개굴 개굴개굴
알로 토해 내고 있다

속이 텅 빌 때까지
텅 빈 후에는 죽어도
두렵지 않을 테니까.

그대가 내 애인이면 좋겠다

문득 외로울 때 당신을 생각하고 싶다
푸른 하늘처럼 맑은 눈동자 하나만으로
당신을 기억하고 싶다
세월에 찌들어 많은 것을 담고 있을지라도

삶이 힘들어 미소 하나 없어도 좋겠다
이미 보여 준 당신의 미소로 데워진
내 가슴 식히려면 족히 몇백 년 지날 테니까
순백의 미소 농염하지 않아서 더 뜨거운 사람

순정 만화 속 주인공처럼 당신을 사랑하고 싶다
슬프면 슬퍼하고 기쁘면 기뻐하며
화들짝 품에 안고 그대의 숨 속 향기를
내 숨 안에 가두고 싶다

눈빛 하나로 그대와 하나 되어 깜박이는 눈동자에
전율을 느끼는 그런 사랑을 하고 싶다
달싹이는 입술에도 오르가슴을 느끼게 하는
그대의 애인이 되고 싶다.

제목 : 그대가 내 애인이면 좋겠
시낭송 : 최명자
스마트폰으로 QR 코드를 스캔하면
시낭송을 감상할 수 있습니다

초대장

오랫동안 연락 없던 벗이 마지막 연락이 왔다
아직 생각도 못 하고 준비도 못 했는데
우리는 모두 오래 잠든 암모나이트처럼 영원히
오래된 추억을 이야기하며 살 수는 없는 걸까

이슬처럼 내려앉았다
흔적 없이 사라지는 것이 인생이라 하지만
자연과 한 몸 됨을 그리워하며 살았을 사람들
떠날 때 남겨진 것들에게 의문의 암호를 남기고 떠난다

떠날 때 알게 될 인생의 참 의미는 무엇일까
마지막 그때는 태어난 그때처럼
맨몸으로 갈 준비가 되었을 때 가고 싶다
모든 게 필요 없다고 느껴질 때

이 세상에 내가 어질러 놓은
인연들에 감사함과 미안함을 알리고
홀로라고 느껴질 때 미련 없이 뒤돌아보지 않고
웃으며 모든 걸 놓고 그때 가고 싶다.

어디로 가야 하는가

세월은 흐르는데 마음 쉴 곳 없어라
어릴 적 맑고 푸르러 시리게 느껴지던 아침 하늘이
오늘은 너무도 그리워진다

어느 날 문득 잠에서 깨어나면
그때 그 아침 다시 올까
내일보다는 오늘이 젊다는데
육신은 병들고 생각만 청춘이다

좋은 것 보지 말라 눈은 멀어 가고
감언이설 속지 말라 귀도 멀어져 가건만
멀리도 가지 말라 무릎까지 삐걱댄다

아직은 식솔들 날 의지하니 쉴 수만 없는 인생
어이 하나 마음마저 약해지니
인간의 짧은 생은 답답하고 외롭지만
훌훌 털고 봄날 새싹처럼 일어나야 한다

물에 젖은 풀잎 힘을 내어 일어나듯
아파도 일어나고 힘들어도 일어나야지
꼿꼿한 대나무처럼.

운명

당신이 아프면
나도 아파져 옵니다
당신과 나 이어져 있기 때문입니다

어떨 때는 가끔
당신이 느껴지지 않아 불안해질 때도 있습니다
연결되었던 끈이 끊어진 것만 같아서

만약에 내가 당신을
느낄 수 없는 날이 오면
나의 하늘이 무너지는 날일 테지요

여태껏 당신은 나의 하늘이었습니다
햇볕도 쬐고 가끔은 비도 내렸지만
별과 달빛을 느끼게 하여 준 그런 사람입니다.

슬픈 아픔

가을 들녘 모든 걸 빼앗기고 드러누운 볏짚
여름내 곱게 단장했던 옷마저 빼앗기고
우두커니 서 있는 외로운 갈참나무
그리고 앙상한 늙은 느티나무
모두 잃어버린 것들만 무성하다

여름 가뭄에 물을 잃어가는 물고기
자식을 잃어 통곡하는 부모
짝 잃은 인간과 짐승의 절규
부모 잃은 생명의 고통
사지가 절단된 인간의 눈동자
몸 일부나 몸에서 생성된 것의 잃음은
공포라기보다는 무아(無我)에 빠지지 않을까

신도 어쩔 수 없는 고통은 뭘까
고통의 고통이 더해지면 진통 효과가 있지는 않을까
더 극심한 고통은 별을 보게 하고
환상의 별 오로라가 보일지도 모른다

진정 벗어나지 못할 고통이라면
더 극심한 고통으로 고통을 벗어난다면
정신을 지배하여 이겨낼 수 있지는 않을까
그럴 수 있으면 좋겠다.

봄에 꾸는 꿈

사월 화려한 꽃과
연둣빛 머리카락 휘날리며
손짓하는 버들 축제에 취해 보자

진달래 개나리 목련의 심오한 꽃향기에 취해
몽정해도 좋다
이미 취하여 비음을 내어도 좋다

때로는 꽃 속살이 궁금하여 어루만지면
더 진한 향기로 코와 눈이 마비된다

산기슭 꽃향기에 취해 허우적거려도
가끔은 푸른 바다를 생각하자
생명이 출렁이는 비릿한 냄새 전해오는
바다를 그리워해 보자

미역 줄기 춤추는 바다에 손을 담가
지구가 남긴 이야기와 바닷물의
흘러간 이야기를 들어보자

손에 묻은 해수의 짭짤하고 비릿한 맛을 음미하자
인생은 짭조름한 바닷물처럼 사연이 많아
소곤대는 소리가 들릴지 모른다.

진달래 2

봄바람에 원미산이 붉다

산 오르다 잠깐 쉬어 휘돌아 보고
흔들흔들 연분홍 꽃잎
한 닢 뜯어 입에 물면
허기진 내 사랑 채울 수 있으려는가

산기슭 꽃 속 헤매다
꽃 좋아 꽃 속에 살면
극락이요 천당이겠지

달래 마음 훔쳐 내 품에 안으면
내 청춘도 불탈까
붉은 너의 꽃잎 입에 물어
봄의 욕망 내 품에 안아 본다.

우리 이렇게 살자

제목 : 우리 이렇게 살자
시낭송 : 박영애
스마트폰으로 QR 코드를 스캔하면
시낭송을 감상할 수 있습니다

내 눈길이 닿는 곳 너의 환영을 만들어
밤에도 낮에도 너를 볼 수 있다면 좋겠다

숨을 쉬는 공간 어디든 너의 숨소리 들리면 좋겠고
너와 나의 눈이 마주치는 순간이라면 행복하겠다

비가 오는 순간에도 함께이면 좋겠다
함께 우산을 써도 둘의 어깨가 젖어도
서로의 체온이 느껴진다면 좋겠다

번개 치는 날에도 너와 함께하면 좋겠고
벼락 쳐서 네 목숨 다하는 그 순간에도
너와 내 손이 맞잡고 있으면 좋겠다

때로는 햇볕이 뜨거워 숨이 막힐지라도
너와 꼭 안고 있으면 행복하겠다
너의 체온은 사랑의 온도라서
덥지도 뜨겁지도 않을 테니까

자연의 오색 물이 빠지고 흑백 사진이
되어갈 때쯤 우리 힘들었던 계절의 노고를 생각하자
살아오며 얻은 것을 생각하며 힘들었던 계절은 잊자
추억이라 생각하자

우리 인생에 가을이 오면 손잡고 함께 걷자
서쪽 하늘에 노을을 바라보며 차분하게 일기를 쓰자
화가 나는 날에도 즐거운 날에도
늘 가족을 위하여 최선을 다하였노라 쓰자
우리의 계절이 지나고 꽃이 져도 가족에게 향기로 남을 거라고.

내 詩를 읽어 주는 그대에게

모자람이 있어도 좀 덜됨이 있더라도
맛있게 성숙 시켜주는
당신의 깊은 마음속 온기가 있어
참으로 행복합니다

당신도 깊은 가슴속 어디인가
세월의 흔적들
희로애락 차곡차곡 낙엽처럼
쌓여 있겠지요

내 마음을 읽는 당신의 마음도
느끼고 싶습니다
기쁨도 사랑도 즐거움도 말입니다
만약 노함이 있으면 그것까지

고스란히 한 톨도 빠짐없이
느끼고 싶어집니다
당신의 한숨 소리까지 줄 수 있다면
저에게 주셔도 됩니다

그대 내 시를 읽어주는 그 순간은
당신은 소중한 내 사랑입니다

오늘도 하늘과 땅 사이에
많은 사연 중 사랑만 그대에게 드립니다.

나의 계절 나의 꽃

사랑은 이렇게 왔다가 가는 것인가
불처럼 타오르다 떠나는 게 사랑인가
4월의 마지막 밤
쓸쓸히 내리는 비는 가슴을 적시고 있다

피지도 못할 사랑
목마른 짐승처럼 길목에 서서
곁에 오기만 기다리던 봄은
그다지 질척이지도 못한 채
비 몇 방울 슬쩍 뿌리고 지나가고 말았다

성질 급한 목련이나 벚꽃처럼
빠른 것은 내게 어울리지 않는다
길옆 수줍게 핀 데이지꽃 같은 사랑을 한다면
나는 행복하겠다

세월 훌쩍 지나 가을이 될 때면
해바라기 나팔꽃 코스모스 사랑이면 더 좋으리라
초가지붕 굴뚝에 연기 피어오르고
메주콩 뜨는 구수함이 묻어나는 그런 사랑이면 더 좋겠다.

제목 : 나의 계절 나의 꽃
시낭송 : 박영애
스마트폰으로 QR 코드를 스캔하면
시낭송을 감상할 수 있습니다

121

변함없는 사랑

나는 오늘도 어김없이
어제 그 시간 그 자리
오늘도 똑같이
서 있습니다

불어오는 바람
스쳐 가는 사람들
들려오는 소음 소리 모두 다릅니다
하늘에 구름마저 변하여 스쳐 갑니다

오직
그대 사랑하는 내 마음만
방부제 처리된 채
변함없이 심장에서 쿵쾅거립니다.

불새

조각난 어둠의 파편 세상을 지배해도
구석진 곳 희망의 불씨 남아 있지 않겠는가
없다면 우리 작은 머리 요동치는 가슴으로
빛을 향하여 날아가자

내 뜰 안에 꽃 피고 새싹 돋는 그날
그대가 찾아주면 좋겠다
제일 먼저 찾아주는 그대에게 뜨거운 키스로
그대 혀 속 녹아 있는 영혼까지 반기리라

부랑하던 나의 이념과 이상
뜨거운 심장으로
날이 밝아 오는 그날
아침에 눈을 떠 뜨겁게 포옹하자

멈추지 말고 끊임없이 가자
설령 쓰리고 아파도
유유히 흐르는 강물처럼
우리 함께 가자

가파른 절벽 굳건한 푸른 노송
수천 년을 지나도 변함없듯
우리도 하나 됨을 북으로 남으로 아파도 함께 가자
조국을 위하여 우리 함께 가자.

나의 오월

오월 들판에는
화사한 꽃들 잔치가 한창입니다

장미 아카시아 찔레 수선화 모란
내가 스쳐 지나온 수많은 꽃의 향기는
나를 지배하여 주저앉게 하고 말았습니다

향기가 진해서인가
꽃잎이 나를 유혹하는 것인가
눈은 감기고 나의 입술은 그저 타들어 갈 뿐입니다

오월은 조금 더 진하고
조금 더 붉어지고 있을 뿐인데
나의 육신은 그대의 늪에서
한 걸음도 퇴보하지 못하였습니다

비라도 살짝 내려 그대 몸 젖어 들면
나 그냥 내 몸 불태워
신비로운 그대의 꽃잎 떨리는 음파 소리에
흥분하는 음계가 되겠습니다

포근하게 느껴지던 꽃들마저 상처만 남기고 떠나갑니다
진한 향기와 꽃잎을 흩날리며
안녕이란 말도 없이 그렇게 떠나갑니다.

파리

손바닥 비벼
살 수 있다면 그렇게 사시게
지문이 없어지면 어떠한가
열심히 비비시게 처자식 위해
발바닥은 못 비비겠나

여기저기 비벼 보시게
처음은 흡족하여 살 수 있겠지
운명이란 장난 같아
파리채 한 방이면 끝나는 삶이 아니겠나

이 몸도 비빌 것만 같아 팔을 잘랐네
발도 잘랐네 몽땅 잘랐네
역겨운 세상 번데기 되어 굴러
여기저기 똥이나 싸려 하네

눈에는 힘을 주고 살려네
화투장 흑싸리 껍데기 같은 팔자
삼 팔 광땡 잡은 듯
어깨에 힘주고 눈에는 독을 품고 사려 하네.

본능

살기 위해 몸부림치는
벼랑 끝 뿌리 드러난 소나무
아스팔트 귀퉁이 시름하는 잡초
죽음이 엄습해 오는 병자가 살고자 하는 모습과 닮았다

눈을 떠 휘청이는 다리
힘을 모아 한 걸음 한 걸음 내디디며
긴 호흡 토해내는 사람 모습은 슬프지만 위대하다

비좁고 험준한 틈 연약한 촉수를 들이미는 잡초에게
느껴지는 힘의 의미는 골수까지 파고들어
육신은 희망을 품으려 꿈틀거린다

비틀리고 잘린 나무의 끈적이는 피
얼마만큼 흘려야 얼마나 아파해야 살아갈 수 있는 것일까

잡초는 밟히고 쓰러져도 태양을 바라보며 내일의 꿈을 꾼다
일어서기 위하여 빛을 잃지 않으려 생명을 지닌 모든 것들은
몇 번을 쓰러지고도 일어서려고 몸살을 앓아야 한다

하늘을 보면
빛없는 어두운 밤하늘 별은 더 빛날 것이고
절망 뒤 찾아오는 행복은 더 값질 것이다
희망이 없다고 느껴질 때 희망은 반드시 있을 것이고
모든 것 잃었다 느껴질 때 다시 시작은 기다릴 것이다

원초적인 몸부림은 희망이다
살고자 하는 마음이 영혼을 지배하여
몸 안 가득할 때 모든 것들은 다시 일어날 것이다

팔자를 거부하며 계절의 의미 없이
피고 지는 꽃처럼 우리 내일을 꿈꾸자.

기다림은 꿈입니다

김연식 제2시집

2024년 9월 25일 초판 1쇄
2024년 9월 27일 발행
지 은 이 : 김연식
펴 낸 이 : 김락호
디자인 편집 : 이은희
기 획 : 시사랑음악사랑
연 락 처 : 1899-1341
홈페이지 주소 : www.poemmusic.net
E-Mail : poemarts@hanmail.net

정가 : 10,000원
ISBN : 979-11-6284-554-7